말詩가 고와야
모두가 아름답다

청어詩人選 212

말詩가 고와야
모두가 아름답다

이용화 시집

청어

詩人 이용화 님의
앞날을 응원하며

창원시장 허성무

'누구나 시인이 된다'는 낭만의 계절 가을에 『말詩가 고와야 모두가 아름답다』란 제목으로 시집을 발간하게 된 것을 진심으로 축하드립니다.

시집 발간을 위해 그동안 많은 인고의 시간을 보냈을 시인 이용화 님의 노력에 감사를 드리며, 공직에 몸담아 오면서 많은 작품을 낸다는 것 또한 쉬운 일이 아니기에 격려와 응원의 박수를 보내드립니다.

시는 함축된 언어로 우리의 일상과 풍경을 담아내고 풀어내는 것이라 생각합니다. 특히 우리가 살고 있는 지역의 멋스러운 풍경을 표현해 내고 추억과 그리움까지 불러 일으켜 책장을 넘기며 빙그레 웃음 짓게 만듭니다.

특히, 요즘 젊은이들이 사용하는 줄임말이나 은어가 우리의 좋은 글 '한글'을 퇴색시키고 있기에 더욱 고운 말이 우리 모두를 아름답게 만든다는 시집의 제목이 참 아름답다 여겨집니다.

끝으로 40여 년간의 공직생활을 헌신과 봉사로 훌륭히 마무리하고 제2의 인생을 시인이란 이름으로 다시 시작하게 될 이용화 동읍장님의 앞날을 응원하며, 24년간의 문학 열정이 앞으로 더욱 빛을 발하기를 기원합니다. 가정의 행복과 앞날의 건승을 기원합니다. 감사합니다.

2019년 가을

창원시장 허 성 무

시인이란 이름으로 세상을 열며

1995년 3월 문학공간으로 등단하고 환갑이 되어 이제사 첫 시집을 냅니다. 서울 한글회관에서 「의자」 조병화 선생님으로부터 아내와 함께 등단 패를 받던 때가 어제련 듯 새롭습니다.

학창시절 줄곧 시화전 액자를 내걸곤 하였지만 시인의 길이 어떠한 줄 미리 깨닫지 못했으며 성인이 되어 공무원이란 첫 직업이 평생의 천직이 되었고, 이곳 동읍에서 1990년 3월 동운 문학 창립 멤버 일원으로 본격적인 습작을 시작하였습니다.

이제껏 시인으로서 시집을 내지 못했다는 모종의 아쉬움, 조급함마저도 가져온 것이 사실입니다.

이제 공직 퇴임을 앞두고 이제껏 제가 몸담았던 한국문인협회, 창원문인협회, 동문문학회, 남도시문학회 등에 발표했던 작품들을 정리해보니 제 살아온 여정을 한 눈에 들여다보는 것 같아 감회가 새롭습니다.

시집 발간이 더 넓은 세상에 나를 내 놓는 작업이라지만 호평과 비평은 항상 같은 선상에 놓인 두려움 같아서 더욱더 조심스럽고 숙연하지만 이제껏 나를 있게 한 은혜로운 모든 분들께 감사드리며, 이제는 더 이상은 미룰 수 없어 2011년까지의 작품 중 일부를 골라 조심스럽게 제 사색의 방문을 열어 보여드립니다.

　끝으로 항상 열정적으로 시정을 이끌고 계신 허성무 창원시장님, 졸작의 시평을 맡아주신 창원예총 김시탁 회장님, 이제까지 시인의 길을 함께하고 지켜주신 소속 문학회 회장님과 회원 여러분, 흔쾌히 상재를 허락해주신 청어출판사 이영철 대표님과 출판사 모든 분들께 깊은 감사를 드립니다.

2019년 11월

이 용 화

차례

1부   일상의 길 (2002~2003)

2부 눈 오는 날에 (2004~2005)

4부 누구를 위하여 꽃이 된다는 것은 (2008~2011)

1부

일상의 길
(2002~2003)

일상의 길

부산한 하루를 디뎠던
어지러운 발자국이
야경꾼의 자물쇠에 채워지는
소한(小寒)의 찬바람 벽에 기댄다.

한정된 시간과 공간을
손목시계에
때론 벽시계에 가두어 두고
끌러 흩는 하루하루.

같은 일을 두고
평생을 같이 살면
이처럼 허전한 허무는 밀려들지 않을
가족들과의 짧은 이별의 반복.

보이는 만큼만 기억하고
세월을 마디 지워 잊을 수만 있다면
사람은 어쩌면
사랑을 이름 짓지 못했을 것이다.

길고 어지러이 지났던 일상의 길을
잘라 모은 듯
꼬깃꼬깃 거머쥔 일간신문은
애써 잊으려는 세상 이야기를
밤새 시끌시끌 반복하려 한다.

연잎 우산

고치실 자아내면
모두 번데기
연륜(年輪)을 벗고 나면
해맑은 동심.

흑백 영상으로 반추되는
고향 언저리에는
달려가기만 하면
짙은 모정이
티 없는 풍경을 비추고.

태고의 피 내림이
이어지는 사슬 속
어린 영혼을 지배한 향수는
삶의 둔탁한 망각에 가려
홀로 나이를 먹는다.

세월의 징검다리
서른쯤 건너뛰면
봉구(峯丘)동네 아이 서넛
연잎 우산 위에

어른처럼 커져 가던
물옥(玉) 미래를
손가락 모자라게 헤고 있던
눈물겨움이여.

이별 뒤의 편지

소인(消印)에 놀란 우표의 심장이
두근 두근
회상의 쇠 멍을 엊고
편지가 왔습니다.

온통 잊힘뿐인 낯선 반가움에
잊고 산 저민 가슴을
하얗게 풀어놓습니다.

돌아보면 한나절
꽃과 바람과 낙엽과
메마른 영혼의 긴 시간 여행.

잊힘은
어둠과 햇살이 함께 산
덧없음만 남기고
갈수록 속 깃처럼 가벼워
마냥 날갯짓합니다.

신기루로 쌓았던 사구(砂丘)는
이제 더 이상
안식의 그늘을 남길 수 없고
밤 새워 흘린 눈물만이
사막을 덮고도 남는 통한의
강이 되어 내 가슴에 흐릅니다.

창공(蒼空)

가자
다툼 없는 곳으로 가자
미움과 반목과 질시
사랑이 한 눈에 내려 뵈는
파아란 창공으로 가자.

그곳엔
곧추 선 산맥의 엉킨 등줄기가
일말(一抹)의 들을 내어놓고
강줄기 피멍을 삭히며
삶의 노점판이 목 놓아 셈을 다투고.

바다의 전설을 구전(口傳)하던 포구나
허구(虛構)와 미화(美化)로 점철된 내륙이나
황폐한 마음들이 희망으로 살았던 흔적
이제 여기선 경계가 보이지 않는다.

연(鳶)을 띄우자
창공에 유리가루 먹인 참연 줄을 걸자
방패를 풀며 감으며
항상
창공의 감동으로
먼 그리움으로 자유를 사랑하자.

과수원에서

아버지
나무는 왜 가지를 치나요

맑은 두 눈망울에
파아란 하늘이 잠시
열네 살로 머문다.

애야
나무뿐이겠느냐
사람도 몹쓸 가지를 스스로 쳐야
사람으로 서지

하지만
가지를 뜻 모르게 자르면
제 모습을 잃지
자유를 잃어버리지
철사 줄로 온몸이 비틀린
분재론 살지 말아야지

배아(胚芽)를 복제 당한
자유의 상실
천륜의 말로(末路)에 다다른 벼랑 끝에서
너와 나를 지킬 용기를 외쳐보렴

골짜기 외딴집
수탉의 서열 다툼에
하루해가 쉬이 지고
오로라 환상 같은 노을빛
숫꿩의 배부른 울음이
샛터골 골짝을 금빛으로 물들인다.

산(山)

산은 내게 있어 빈 가슴이다
다시는 돌아가지 않겠다고
산문(山門)에 빗장을 걸어도
어느새 떠밀린 세속의 고뇌.

다시 바라보는 산.

비로 바라보면
너무나 아득한 그리움으로
파문을 여는 가슴 멍울
굉음만 남기고
홀연히 떠나는 님의 모습.

맑디맑은 물여울로 비춰보면
넓은 품
어느 하나 안기지 못할 것 없는
무한한 가슴
되 오는 님의 얼굴.

산이 세상을 열던 날
나는 보았네.

가고 오는 것은
제자리에서 보아야 할 공허임을.

비상(飛翔)

날자
비루(鄙陋)하고 번잡한 심상(心想)을 떠나
훨~훨
자유와 고독이 끝없이 펼쳐진
창공의 기류에 몸을 얹고 날아보자.

비장한 고투가 펼쳐질
머나먼 여정을
날개 깃 촘촘히 희망으로 매김하고.

베이스캠프를 떠나는
태교(胎敎)의 항로(航路)는
생명체의 어김없는
반복된 비상.

북극의 빙하
남극의 얼음 바다
숭엄한 영혼의 빛깔이여.

풍상을 겪고 나면
다시 각인(刻人)되는 인간의 참 모습위로
우리의 고독한 날개는
항상 쪽빛에 물든 영혼이기를 원한다.

모과꽃

빛의 미소를 기억하기 위해
여명의 동을 틔우는
이슬의 성상
이 봄 사뿐한 연분홍 포옹이다.

허공의 창살에 갇힌
사랑의 실루엣
삶의 기쁨이 존재의 이유가 되던 그는
별 비를 피해주던 우산으로
아직도 서 있을까.

봄과 여름의 사랑 놀음이
차려내는 노랑 치마저고리에
맵시 없는 투박한 몸매를
바람 속에 웅크리다
가을 내내
제 마음을 집적이는 바람둥이들에게
그리운 팔매질을 하는 일이다.

기원(祈願)

어느새 장년이 된
반백(斑白)의 밤하늘
일상의 뒤풀이로 늘
당신을 우러러 파랑(波浪)이 이는
바람의 허파로 가쁜 숨을 들이쉽니다.

수없이 어둠을 쪼개던
기도의 탁음은
연륜에 쌓인 마음의 터부
당신은 연신 구름으로
넘치는 감동의 광채를 사랑하게 하고
나는 모정(母情)을 추억합니다.

세월의 얼굴
곰살스레 가르치고 길러주신
좋은 날 조심할 날
보름달이 가득했던 장독대.

휘청 허리가 휘어버린 감나무는
세월의 추억을 침묵하고 섰습니다.

당신의 기원은
정갈한 마음
그믐으로 삭혀 내리시던
비움의 지혜를 간구(懇求)한 신앙이었습니다.

그릇

소작하던 문명(文明)이 낯설어
진흙을 짓이기다
버리고
다시 이기고 굳어져
질그릇 하나 빚어 졌다.

매장된 역사의 휘파람에 묻은
습기 찬 기록들을
설익은 미래에 담는다.

문득
서로를 담고 담기는
상생의 세상을 본다.

그릇의 개념이 관념 밖을 나서고 있다.

삼천포에서

천상의 물그림자
떠다니는 바다의 일상(日常)
여민 옷섶에 빼꼼히 내다 건
춤추는 수평선은
집어등 꽃망울을 포구 가득 토해낸다.

누구도 자유로울 수 없는
거대한 미색(美色)의 감옥
섬들의 애원을 외면하는 바다는
삼킨 밤하늘을 소화시키느라
새벽 포구를 딱 벌리고
졸리운 뱃고동을 트림한다.

갓 난 섬들을 채롱으로 흔들다
바다가 잠든 사이
썰물이 일어준 한려수도 쪽 문을 열고
나는 가까스로
환상의 삼천포 탈출에 성공하였다.

서울로 이사 간 아내

팔색조 괴음에 맞춰 춤추는 세상
삶의 갈림길을 두고
고양 신도시 로데오거리 24시
편의점 앞에 선
가장(家長)의 셈 통을 쪼아
정신을 앗고 있다.

낯설고 물선 곳
새 만남의 의미보다
이별의 아픔이 먼저인 것은
더 얻어야 할 앞날보다
얻은 지난날이 더욱 소중한 까닭이다.

이틀을 맴돌다 되 오는 고속도로
비 꽃을 피우느라 멍든 차창 뒤로
파편으로 꽂히는 하얀 기억들
밤새 미래를 점쳐보다
불면(不眠)의 무릎을 내어주고
잠시 삶의 끈을 놓아본다.

거울 보기

정교한 대칭에 가려진 미로(迷路)를
산식(算式)에 맞게 어김없이 딛고 오르다 보면
뒤집혀 비치는 거울 앞의 참 모습은
영원히 발견하지 못할지 몰라
영혼의 마지막 발끝에 채인
삶의 은어(隱語)마저도
잃어버릴지 몰라.

삶은
서로가 원하는 무게를 달아내는
거울 질의 반복
일상의 처음과 끝은 언제나
만물에 비치는 모습을 성찰하는 것
감정을 조율한 나아진 허상(虛像)을 희망하는 것.

서로를 비추어준
크고 작은 은혜로운 기억이
파도가 침묵하는 영원한 회귀의 약속처럼
희디흰 포말의 꽃으로 피어난다.

정병산에서

영혼의 화석(化石) 캐내는 뭇 발자국
산사의 침묵
마른 나뭇잎 이야기는
일상의 틈바구니에서
물소리를 소란스레 밟고 있다.

탑 바위 낙엽송 조림지에는
가랑이 찢어진 뱁새 대여섯 마리 산다.

소나무와 잡목이라는 이름으로 신기하게도
허공의 좁은 옷에 몸을 맞추며 산다.

키를 견주지 못하면 숨을 쉴 수 없지요
소나무는 소나무일 수밖에 없고
뱁새는 뱁새일 수밖에 없다.

서로를 인정하면
나는 그가 될 수 없다는 결론에 이른다.

촛대봉에 이르는 산자락
이 땅에 귀화한 이방인의 서툰 언행을
만날 수 있다
더불어 살아 가야할 도리를
쉽게 따라할 수 있다.

자유경쟁의 개방된 세상이
얼마나 처절한 미소를 요구하는지
산은 다만 침묵할 뿐이다.

기러기 아빠 (1)

끼니를 거른 여명이
식은 잠자리를 깨운다.

길든 입맛은
염치없게도 집에
아내가 없다는 사실을 모른다.

서툰 도마 소리는
아파트 골조를 뜸하게 파고 드는데
여식과 둘이 나누는 조찬은
짧은 5분의 식생(食生)을 조우(遭遇)한다.

바쁜 새벽을 통학 버스에 싣고 나면
늘 혼자가 되는 이방인
세상의 틈새를 봄꽃의 처절한 함성이
원색으로 채색하는 들길을 지나
바람이 질펀한 안개 밭에 이르면
묵은 침묵을 건너뛰다 만
또 다른 나를 보고 있다.

기러기 아빠 (2)

초침(秒針)을 휘두르며
생명을 헤집는 중년의 시간이
정오(正午)의 낯선 뺨을 표표히 스친다.

기억의 바다를 표류하는
사랑의 파편들이 섬광을 내뿜고
슬픈 궤도를 일탈하는 홀씨 깃털 하나.

모든 것을 잃고 난 후련함은 오히려
허무와 공허의 울타리 안이라는
너와 나의 운명.

냇가 물 순(徇)이
정각(正覺)의 미소로 뛰노는 새벽
홀로 떠날 수 있다는 것이
이렇게 쉬운 허구 인줄을
그림자 홀로
잿빛의 위로(慰勞)로 남아있다.

파도

세상을 뒤집다
애꿎은 바다만 앗아가리라.

밀리는 모래알
하얀 함성을 앞세우고
뜻을 이루지 못한
모래톱 고지 앞엔
유토피아를 꿈꾸던
굴종의 유골이
소외된 하루를 조롱하고 있다.

실체의 비상

인륜의 속박으로 묶인
자유의 숨결이 잠시 끊어진
덕산 간이역 건널목
간수의 흰 깃발에
지축을 유린하며 태어나는
너의 찰라
메마른 난시(亂視) 그루터기만 남긴다.

절룩거리는 철로가 등분한
옥수수 한 알에 나팔관 한 오라기
내게도 저렇게 질긴 생의 절규가
등촉으로 깜박일 수 있을까.

타인의 존재를 위해 자아를 상실한 바람은
수숫대를 흔들고.

폭풍우를 달래던 숲의 격정처럼
차단기가 오르자
눈부신 너의 긴 은빛 날개
세속의 발자국이 깨우지 못한 꿈을 쪼며
미명의 약속을 향해 무리 지어 나른다.

농부일지 (15)

거부할 수 없는 힘의 논리 앞에
나를 지켜야하는 생존의 몸부림은 서서히
협상과 타협의 대세로 기운다.

수출입 통상마찰은 경쟁력의 이권다툼
내 것만 먹고 살 수 없는 현실을
어디까지 인정할 수 있을까.

이미 피아(彼我)를 식별할 수 없는 연막에 가려
결국 혼자라는 위기감에 치를 떤다.

노력에 대한 소득의 공평한 잣대는
어디에 있는가.
평등한 복록의 미래는 보장될 것인가
불확실성의 시대
입지가 불리한 줄다리기.

농촌에 뼈를 묻을
당신의 백성이 힘겨워 합니다.

먼 산은 강물이 되고

골바람 휘도는
산사(山寺)의 은둔은
염원이 무거워 짚는 지팡이
고목에
묵은 기도 수북하다.

물 순(徇)이 일어서는
정토를 깨워 업고
짙은 산을 보내는 생(生)의 구비마다
영혼을 걸머진 가을 하늘
흰 구름 가볍다.

싸늘한 새벽의 잔해
나의 수채화는
붓끝이 닿지 않는 과거를
강물에 띄우고 있다.

나는 누구인가

어설픈 연륜에 머리가 흴수록
벗어야 할 원죄는 가벼워지나
꺾을 수 없는 젊은 날의 논리(論理)는
죽순의 기개와 같네.

차별화 된 자아를 추구하다
참 나(我)를 소진하고
진실을 볼 기회가 없었던 거지.

이제는 보게나
결국
다르지 않다는 것을.

우주를 술래 잡는
숨찬 가을의 적막한 달음박질에
저토록 눈부신 목숨을 토하며
떨어지는 제 모습을 성찰하는
샛노란 은행잎
피안의 그림자를.

기러기 아빠 (4)

바람이 불어도 볼 수 없고
눈비가 와도 지워져 버리는
당신이 새기고 간 언약 곁에는
외로움만 자취 없이 왔다 갑니다.

지조(志操)의 몸에 지핀 서리꽃
유혹을 쫓는 초조한 발자국
미로(迷路)는 예리한 머리칼로 밤낮을 저미어
사랑의 독백은 안타깝기만 합니다.

고독이 깊을수록 사랑의 향기는 짙고
심중은 잔잔할수록
파도로 달려오는 내 하나의 그리움은
몸부림에 흩어지는 먼 가슴을
하얗게 부숩니다.

농부일지 (17)

알 수 없는 풍토병이
국경을 유린하는 소용돌이 속에서
우리는 다만 백신 없는 병에
손쉬운 이름만 붙이고 있다
광우병, 조류독감, 사스
한·칠레 자유무역협정까지

국회 비준 동의를 앞둔 기로에
삭발한 운명은
깃발의 함성으로 펄럭이고
견딜 수 없는 허술한 과녁이 되어
물대포 사선을 전율한다.

국제화 대열에서 고립될 것인가
약소민족이 극복해야할
열강의 족쇄를 푼다 해도
협정을 거부하는 현실을
인정하고 보면
생존권 보장은 개방의 피를 뿌려
세습의 사슬을 끊는 일이다.

농업이 근본이던 시대는 가고
자국의 이익만 내세울 이유도
설득할 수 없는
무한 경쟁의 시대를 선도하는
강국만이 진정한
국리민복의 행복을 찾을 것인가.

주차탑에서

1층에 두었던 차가
2층에 있고
3층에 맡긴 나를
노외주차장에서 찾는다.

우리는 삶의 일부를
어디에든 맡기고 산다
그리곤 영영 찾지 못하는 것도 많다
차를 찾아 집으로 가는 것은 행운이다.

주차탑을 오르내리다 보면
건망증은 약이라는 결론을 얻는다
결국 맡겨 놓은 인생을
돌려받지 못하고 갈 수밖에 없다.

잃어버리는 연습이 익숙한
물과 바람과 구름은
항상 새롭다.

기러기 아빠 (5)

나는 너를 붙든 땅이요
내 나무에 피는 꽃이며
열매인 줄 믿었다.

본 대로 생긴 대로
셈할 수 없었던 근시안
안경을 쓰고 보니
완벽한 외톨이 실루엣.

네 심장과 영혼으로 전이(轉移)한
사랑의 실체는
고독을 극복할 수 없는 정체된 생명
조직을 표류하는 단세포.

격랑을 건너는
이국의 풍물소리에
거대한 꿈은 집착의 외길을 열고
되갈 수 없는 순명의 문이 닫힐 때
비로소 열리는 꿈의 길이여
완성의 문이여.

詩의 씨앗을 뿌리며

내가 소유한 200평 전답은
정 사각형 경지 정리된 원고지
곧은 농로는
새참 나르기도 수월하고
일출과 낙조가
삶의 시종(始終)을 펼쳐 보이는
산책로이기도 하지.

농사를 잘 지으면 평수가 늘어나는
정직한 직업
한 평에 한 알만 심을 수 있는
한정된 목숨과 영혼의 공간.

혈통 좋은 씨앗 골라 소독하고
밑거름 넣고 갈아엎어
바람의 마실 길을 트면
탐욕의 열매를 맺지 않는 꽃을 피우다 죽는
시인은 하늘의 별이 된다지.

아내의 교통사고

응급실 침상에
기절한 아내는
편한 세상을 베고 누웠다.

뒷보증을 서고 있는
아비의 풋 낙엽은
철없는 두 자식의 눈물을 다독이고
힘찬 강물의 흐름이
바다에 몸을 푼 듯
해식은 마음.

홀로 된다는 것은
살아야 할 날이 많은
앞날의 더부살이.

안타까운 후회가 전율하는
맞잡은 손 사이
인연이라는 소중한 약속의 다짐이 굳는다.

2부

눈 오는 날에
(2004~2005)

봄의 단상(斷想)

노루귀 여린 젖내
문풍지 걷는 산야
아직도 문고리에
눈바람 이(齒)를 떠네.

세속을 건넌 달빛
내 안의 봄을 열고.

봄꽃은 삶처럼
빈 가지에 왔다 가는
나그네 새.

농부일지 (19)

가장 숭고한 직업을 물려받은
농심의 하늘은 신앙이다.

어느 하나 거역할 수 없는
생명 잉태와 결실의 천명으로
진실의 길목을 지키고 서있는
허수아비의 일상을
화려한 이기주의는
세태의 외진 곳으로 내몰고 있다.

순화(純化)되어야 할
일기(日氣)
순종의 창(窓)
너의 목숨이기도 하다.

해안선

원시의 바다가 내뻗은 촉수 끝에
자아를 상실한 허상이
낯선 이방인을 체 가름하다
망각을 약속한 꼭두각시만 모래알로 남아.

파란 혈액의 소용돌이를 역류하는
시대의 회귀성은
심장 가장자리에 둥지를 틀고
복제된 현실을 산란하고 있다.

마지막 토한 일말의 진실마저도
포말의 그침 없는 굴레 속으로
침잠(沈潛)하고야 마는 텅 빈 공간의
무한한 고독.

검은 바람에 표백된 유골은
형상의 실체를 집요하게 헤집고
끝없는 존재의 물음에 고립된
세상 모든 의식들이
취한 바다에 비틀거린다.

길 잃은 길

유원지 미아처럼
거리엔 온통 나를 잃은 영혼이
널브러져 있다.

길 찾기 캠페인도 안내 방송도 없는
허황한 공간
내가 잃은 길
네가 버린 길

걸음마를 가르쳤던
모성의 탯줄은 끊어져
우주의 미아로 떠돌고
아무도 가지 않는 무너진 잡초의 길은
처음이 어디인지
신작로만 내닫는
길 잃은 길.

세월교 난간에 붙들려
울음을 그치지 않는 물그림자
파리한 입술에
이유 없이 말을 거는
구름으로 떠돈다.

산중 소란

염병을 식히려 후두둑
국지성 야시비가 가문 못(池)을 놀래고
방향 없이 뛰는 넓은
가랑이 사이에다
비운 마음만큼 버리려 했더니
또 다른 나를 채우고 있는
산중 뭇 생명들의 소란을 어쩔 수 없다.

이따금 바람이 스쳐와
벗겨진 부끄러운 심상을
핥아 주지만
새 살이 돋기까지는
연초록 산 빛마저도
처방이 되지 못한다.

무엇을 상실했을까
생명이 있는 모든 것은.

생존을 위해
이토록 시끄러운 세상
낚시터에는.

상처

지독한 삶의 흔적 지우려
날마다
멀쩡한 세상에
상처를 낸다.

무엇이 나를 존재하게 하는지
긁고 할퀴고 찢고
찢는 상처투성이
완성을 위한 몸부림
온전히 세상을 살자면
완전히 세상을 버리려면
죽음이 제일 먼저 가져가는
상처를 내리라
상처를.

술과 우물에 대한 추억

농촌 우물은 여름 내내
취해있었다
막걸리 한 말 꿰차고
푸른 하늘 흰 구름 낮달까지
문지방 닳도록 들락거렸다.

알콜중독이었던지 항상
낯이 붉은 우물은
한 광주리 국수가 기겁을 하고
수박 참외는 등목에 숨을 넘겼다.

중참 때
한 되 가득 막걸리를 퍼 주시면
소(牛)죽 부엌에서 홀짝 홀짝
논두렁 지나다 쪽 쪽
입술이 늘 창백했던 노란 주전자.

조심조심 배운 술
이제껏 발걸음을 흩지 않는다.

속이야 곯던 말든
정신 잃은 놈 업어주던 등짝에
누린내가 나도록
나를 올려보던 우물
그 서글서글한
파란 눈동자를 잊지 못한다.

소원

그 원수 같은 소
된 뙤약볕
풀 망태가 책보다 훨씬 가볍다
지천의 논두렁
농약 없는 뚝길 찾아 쪼그려 앉으면
풀덤불 복사열에 땀이 끓고
숨 막히는 낫질
힘이 좋아야 너를 후릴 수 있었다.

등껍질 벗겨지도록
구워야 잘 날 수 있는지
단내가 나도록 염천을 지지고 앉은
고추잠자리
짚 섬이 터져라 여름 내내 풀을 말려
겨울까지 채운다.

이제
얼른 자라 어른 되면 좋겠다던 소원 하나
이루어졌는데

아내 없는 빈자리 눌러앉은 공허가
설거지 한답시고
덜그럭 덜그럭.

평생을
그 아이 소원
되물릴 수는 없을까.

나는 나의 그림자이고 싶다

목숨의 껍질이 벗겨지면
어디까지 갈 수 있을까
몇 걸음을 더.

몸을 난도질당하면
몇 번의 교란된 몸부림을
뒤척일 수 있을까.

긴긴 인생의 굴절처럼
질긴 세파에 칭칭 감겨
은빛 불바다를 혼절하며
의식 없는 걸음걸음 날마다
신기록을 갱신하고 있다.

출렁이는 검정 색 그림자가
남긴 마지막 형상을
실상(實像)으로 오해하는 착시도
가끔 느닷없이 노크를 받고
짙게 썬팅 된 차창을 내리면
밀폐된 공간 너머로

한 걸음 더 다가서는
선명한 진실.

굴레를 벗고 있는
나는 나의 그림자이고 싶다.

하늘

생명의 집착이 옅어지면
당신은 원래
내 곁에 없던 산(山)이던가
요지부동의 진실이 아니던가.

사람 이삭을 훑기 위해
창공은 사정없는 빗발이 되어
저자 거리 장돌뱅이의
비린 비늘을 치다
인연 없는 바람으로 흩어지면
미련은 행여나 어둠의 귀를 연다.

파랗게 발광하는
한가로운 염전(鹽田)에
가슴앓이로 살다보면
싱거운 소금 알로 굳는
내 시린 두 눈
그 황량함에 홀로 서다.

바닷가에서

바다를 베려고 바다에 던진
사금파리는
하얀 노여움만 사다
관념 밖으로 떠나고.

무딘 날을 세우고 버티다
착란의 현상 속으로
순식간(瞬息間)
뛰어들다.

도자기 체험

톱날 두께로 물레를 깔고 누워
볶음 떡 높이로 쌓여 가는
위기의 혼(魂)을 본다.

피조물을 만드는 것은
누구를 속박하는 일이다.

결국 나를 표현하기 위해
존재의 의미와 가치를 추구하는
이 엷고 작은 진흙 쌓기.

침묵에 갇힌 것이
단지
나와 당신뿐이겠는가.

숨은 그림 찾기

내 성긴 후릿그물을 빠져나간
잘디 잔 치어(穉魚)를
몰고 간 세월이
제 그림자에 가려
월식(月蝕)을 연출하고 있다.

뿌리칠수록 떨칠 수 없는
인연의 하소연 같은 것.

잃어버린 밑그림
실구름으로 핀 아득한 파노라마.

잠을 줄이고
뇌의 박동수를 늘리면
그물코는 촘촘히
안으로 안으로만 죄어드는
속박의 그늘.

집착의 실코를 다시 풀면
탁 터진 자유로움 속에서
상실의 시간은 새 세포를 증식한다.

가을 단상

황금 비늘로 반짝이던
군상의 이마
탐욕의 다툼으로 얼룩져
탄생의 기록마저 그늘진
흥정의 목소리 소란하다.

천천히 가는 절제
제 보폭에 맞추어 걸어온
절기(節氣)에 방정맞은 오만
빈약한 밑천으로 부풀린 비대(肥大)와
허튼 자존심에 빈약한 여름 끝은
허구의 존재를 기른다.

고리대금업으로
고혈을 빨던 가문다리*가 결국
소 발굽에 밟혀
세상을 하직했던 소몰이 아이의
진술 때문에
산야는
당당한 가을을 연출하고 있다.

* 가문다리: 주로 소에 기생하는 흡혈충

열반(涅槃)의 강(江)

엘리베이터가 없는 5층 계단을
오르다 가끔
옥상 출입문과 딱 마주치곤
철문의 낯선 위압감에
소스라치는 본능의 허술한 틈에
섬광이 인다.

1층 출구를 지나
세상을 만나지도 못한 채
지하층 계단을 밟고 있는
망각의 절망을 주체할 수 없어
그러려니
이젠 그럴 때려니
자위(自慰)하는 이별 연습.

영혼이 떠나고 나면
육신도 이렇게 삭혀들고 나면
평면을 받쳐 든
수직의 목숨들이
생성과 소멸의 강을 건너고 있다.

농부일지 (20)

위기의 벼랑에 선 우리는
어디로 갈 것인가.

W.T.O 협상 반대 속에
쌀만은 지켜야겠다는
소용돌이치는 절규 너머로
외세는 이미 그린 푸드 정책을 펴기 시작했고
자급자족의 험난한 식량전쟁 체험으로
세계 최대 유기농 국가로 우뚝 서려 한다.

이제 우리의 정체성은
희망에 이르는 통로가 될 수 없고
우리의 먹거리 영역은
더 이상 안전지대가 아니다
냉가슴만 앓다
이대로 쓰러질 것인가.

제도와 예산이 서고
친환경 유기농법의 빛을 찾는 길만이
생산과 유통의 물길을 터는 길이요
수요와 공급의 공고한 맥을 형성하는
지름길이다.

이제
관습 농법을 벗어버리고
가야 할 길은 어디인가.

친환경이 무엇인가
자연의 순환논리에 순응하는 것이 아닌가.

순환농법
그 해법이야말로
우리가 살아가야 할 이유로
섬뜩 다가서고 있다.

농부일지 (21)

천적의 쇠약을 틈타
인간쓰레기에 살을 불린 까치가
인스턴트 비둘기와 교분하고 있다.

더 이상 적이 아닌
경계심의 벽을 허문지 오래
오로지 주위만 맴돌다
정확한 괴리의 잣대를 들이대며
탁한 일상을
신선하게 걸러주던 진객이
유해조수 오명에
올무가 씌워지고 있다.

까마귀가 길조되는 것은
발상의 전환을 넘어
분명한 역발상의 변론이다.

우리는 모두
세월이 흐른 뒤
주변 사랑스런 이에게도
한갓 상징성이 사라진
도태의 의미가 될 수 있음을
상기해야 한다.

겨울 나그네

뱃심으로 부풀린
색동 풍선 하나
하늘의 반열에 오르지도 못하고
동읍 국도 14호선 2차로에서
역주행을 시도하며
너무도 쉽게 그어진 생사(生死)의
분리대를 넘나들고 있다.

족제비와 도둑고양이
끈 풀린 들개도
초개와 같이 목숨을 던져주던
무감각의 질주 앞에
하필이면
뺏을 수 없는 너의 목숨이냐.

몽환의 거친 바람에 흔들리며
끊어지듯 흐느끼듯
하얀 삶의 방정식을
무작위로 풀어대다
겨울의 제단에 놓인
아득한 계단에서
가을은 영욕의 세월을 접고 있다.

대변항에서 (1)

청춘의 감미로운 꿈도
체념으로 떨쳐 버리고
오히려 어깨가 무거워 달려오는
겨울파도가 버거워
어부의 거친 가슴은
남루한 그물망으로 산화하고
낯설게 회항하는 바람만이
항구의 비린 풍경을 흥정하고 있다.

날숨만 내쉬는 지친 일상에
눈앞을 어지럽히는 기형의 모순은
숨을 거두고서도
존재의 목적이 되어야 하는
고삐에 붙들린 종속의 목숨들이
뱃전에 몸서리친다.

바다를 등지고
이제는 영어(囹圄)의 몸이 된 세월
후려치는 산굽이의 무상함이
왜 이리도
쓰린 가슴을 요동치게 하는가.

약속

원하지 않아도
두고 가는 황금 산하
정주지 않아도
넘쳐나는 그리움
해 뜨고 달 지는
지천의 무상을
은혜라 알기에는
평생을
무슨 언약으로
읍소(泣訴) 하리요.

용지 호수에서

어길 수 없는
모멸 찬 여정의 종지부도
운신(運身)의 여백을 비집는
박제(剝製)가 되어
살얼음에 멈춰선 송년의 시간.

아이러니 하게도
고니가 청둥오리 두 마리
데리고 사는 수상 오두막도
자맥질도 순순히
하루를 내어놓는 순종의 수면(睡眠)이여.

회오리 친 한 해의 꿈이
대종(大鐘)의 파문에 밀리는
속절없는 공허 속에
한기든 바람의 부리만
또아리 튼
내일의 질긴 호흡을 잇고 있다.

눈 오는 날에

서서히
아주 천천히
은밀한 회색 결심이
조용한 심상을 교란하며
실행되고 있다.

일촉즉발의 소리 없는 압박
하얀 회유는
그렇게 역사를 바꾸려 했다.

눈부신 설국
유토피아의 행복은 잠시
속어림을 한다.

속부터 비워내는
고목의 의연한 결행.

귀속적 순환
그 변혁의 깨침을 맞고 서다.

기러기 아빠 (8)

혼자가 되면
뒤돌아보는 날이 많아진다.

기억에 쌓인
솜먼지가 오히려
빈 가슴에 천근만근
수심(愁心)의 독백이 되고.

아침에 눈을 뜨면
다가서는
유일한 생존의 탈출구
밥 그릇
국 그릇
그리고 수저 한 벌.

이 질긴 목숨들에
거는 미련이 안타까워.

날마다
남의 몸만 비는
흔적 없는 그림자로 복제된다.

기도

산(山)이 되고자
산으로 솟았으면
허튼 망상의 키는 키우지 말고.

들(野)이 되고자
들로 누웠으면
터 찾는 뭇 생명 깃들게 하시고.

강(江)이 되고자
강물 되어 흐르면
늘 마르지 않는 사랑이 되게 하소서.

명암의 비밀

밤 지샌 등불 하나
生死를 바꾸듯 사라지니
山은
山없는 빈 공허를
천하에 열고 섰다.

어둠에 알을 낳는
문명의 전등을 맴돌며
무리 짓는 도시는
헛배를 부풀리고.

산 없는 산 속에
부질없는 가짐만이
홀로 외로운데.

등 너머 저 산에는
절묘한 명암의 게송만
낮 산을 지키고 있네.

추상(抽象) (1)

사각의 모진 현실을 기웃거리다
결국 기억하는 것은
힘의 균형이 깨진
못생긴 타원의 방.

빙빙 돌거나 혼절하거나
의식과 무의식의 경계를 헤매다
다다르는 구원의 손길
소용돌이치는 구름이 엮어 내는
불확실한 언약 같은 생명
놓칠 수 없는 진화의 끈기 같은 것.

밤새 뒤집어쓴 물감
혼탁한 색조가 넘는 치열한 경계는
사선을 결심하는 외로운 결의의 대가로
휘어 꽂히는 굴절된 여명을 맞는다.

추상(抽象) (2)

점점 번져가는 기하급수
별 속을 달린다.

그 많은 행성 중
정곡을 맞힐 의도를 가진
서로의 감정은 아직
형성되지 않았다.

거대한 먼지의 행렬
거부할 수 없는 블랙홀의 전설
핵의 소용돌이를 감싸는
침묵의 껍질은
허구의 가면을 벗고
유한한 진실의 이론을 정립한다.

폭발과 안정 안정과 폭발
소우주로 통하는 끝없는 항로에
유전자의 진화는 계속되고 있었다.

추상(抽象) (3)

말없는 염원이 계속되는 대지
낙오되지 않은 씨눈
그리고 날개
직립의 균형감각은
평형 돌기를 곤두세운다.

생명을 더듬는 이슬의 바다
아득한 벌판의 해법을 찾는 촉수
겹겹의 가시 굴레를 헤치고
무한한 영역의 치열한 비린내
빛을 향한 본능의 몸짓은
겉모습을 먼저 보이거나
속을 먼저 보이거나
아무래도 좋은
종족번식의 교태다.

생명
그것은
그리움과 희망을 가린
기다림을 벗는 일이다.

추상(抽象) (4)

경험하지 못한 실체의 인정은
세상 어디에도 존재하는 사실이다.

어둠을 갈아엎고도 남는
끈질긴 태성(胎性)
보이지 않는 강렬한 묵시
투명한 목숨을 숨기는
위태로운 숨바꼭질 끝에
끊임없는 변이와 진화의
터널을 경험하고서야 비로소
경이로운 빛을 얻을 수 있는
일체의 목숨이여
위대한 투혼이여.

오늘의 일상이
그 증거다.

추상(抽象) (5)

침묵을 쪼개면
분간할 수 없는 광활한 단면에
고요의 흔적조차 찾을 길 없는 공허.

각고의 결심이 빚은
아집의 무참한 결과
수없는 시행착오가 겪는
절망의 탄식은
고민을 무위로 돌려버린
최소 단위에 정지된 의식.

되돌아가거나
회상의 유혹을 떨쳐버릴
용기와 결행의 의지가
결국
존재의 표식으로 남는 표제(表題)는
누구에게나 나타나는
이 아침의 짧은 현상.

추상(抽象) (6)

시작의 역순으로 거슬러 오른다.

필연 처음에 도달한다는
진리가 없다 해도
몸부림의 연유는
생명을 가진 유기체가 살아있다는
반증이다.

착오와 실패 아픔과 눈물은
성공의 환희와 어울려
하나의 강을 이루지 못해도
이도 저도 아닌 평이한
목숨에 어떻든 상처를 낸다.

역사의 존속을 위해
완충지대는 필요한 것
시행착오의 상처 치유를 위해
산야 보다는
강과 바다의 유연한 침묵이 필요하다.

생명의 역사는 바람의 역사
없듯이 나타나고
조용하다 소리 내는 바람
남에 의해
남을 빌어
비로소 실체를 형상화 시키는
바람의 생명.

농부일지 (23)

지천의 먹이 유혹
구비 구비 산길을
가녀린 발길 돌렸던
누런 보리 논
흩 노루
순한 산 짐승.

어린 시절 노루몰이.

살육의 함성 뒤섞인
거센 뜀박질에 몰려
눈물에 동동 떴던
그 까만 눈동자
어린 가슴 뭉개어
밤새 몸살 앓았지.

오늘
가을의 방심(芳心)을 본다.

돌방돌방
적(敵)도 들여놓는 관대한 포용
멸구의 촌락
꼭
노숙한 네 잠(宿)자리 같다.

3부

들풀이 되리라
(2006~2008)

회심(灰心)

그냥 내게 머물러도
바람인 것을.

흩어진 솔 숲 그늘
갯메꽃 진다.

설움에 여울지는
침묵의 화석
현문(舷門)을 두드리는
바다의 영혼.

서녘 달을 지나
산 빛에 지다.

환영(幻影)

텅 빈 가슴
열린 동공
뜨겁게 부풀은 바람의 격랑에
길을 잃으면
술잔에 떠도는 것은
간절한 네 기다림만은 아니다.

주점 바닥을 응시한
외로운 질주
끼어드는 집요한 잡념의
말 걸기
가시 돋은 안주가 된다.

취하면 취할수록 휘어 멀어진
덕산 간이역을 지나
간수가 없는
외길에 서면
生의 시작과 마지막처럼
無心의 선을 넘어
시야를 열고 닫는
차단기 막대.

흩어진 순간의 긴 여백에
기적(汽笛)의 잡담이 지나고 있다.

솟대의 사랑

-부산 가덕도 선창에서

그리운 나날을
너무 오래 살아서
쉽사리 그런 이별
내려놓지 못합니다.

집착을 관통하는
비바람의 유탄 사이로
땅과 하늘의 질긴 인연이
지날 때마다
순수를 밀치는 외마디 함성.

그래
한번만 더 살아 봅시다.

환생의 자유가 만발한
프리즘의 현란한 길목을 따라
미련도 후회도 없는
해탈의 풍광.

오시는 님도

가시는 님도
마음마저 내려놓는
편안한
3월의 포구에
붉디붉은
명자 꽃 덤불이
사랑의 속삭임을 채화(採火)하고 있다.

감자꽃

꽃대가 오르면 꺾어 달라고
눈 붙은 씨감자가
유언을 한다.

묻은 재 씻어내고
눈(目) 없는 파지 육신
춘궁을 면한 후로
잎 피길 꽃이 피길
기다렸다가.

부모(父母) 같은
하얀 그 꽃 차마 못 지워
천륜의 약속만 쓸어내린다.

들풀이 되리라

늘
곁에 두고도
그리운 님인 줄 몰랐습니다.

잃어버린
일상의 아스팔트 길가에
파랗게 부러진 추억이
사랑을 절고 있는 줄
진정 몰랐습니다.

모진 세월의 챔 질에
키를 낮춘 질경이는
변심한 낮달과
화려한 전설에 홀려
심장이 터질 듯한
모반(謀反)을 꿈꿉니다.

초연한 자유가 들이치는
그늘진 처마에
대평원의 숨결이 짙어오면
비로소 가리라.

고향의 들풀이 되리라.

잡초

지우려
지우려 해도
지워지지 않는
모질고 질긴
기억 같은 것.

타임 센스(time sense)

어디선가 걸어오는
낯선 시간은
외마디 후회 같은
자유로운 촉각.

어느 날 파문처럼
조여 온 생명은
외길로 돋아나는
먼 섬 기침소리.

고향처럼 듣고 싶다
소원을 말하리라.

태풍 앞에서

폭풍우 몰아치던 날
비로소
그곳이
물과 바람의 통로임을 알았다.

상충의 변(變)
그것은
상생(相生)의 도리를 등진
뻔한 재앙.

서로의 길
도도한 자존심
극한의 대립 속에
목대를 세우다.

고독

먼 산(山)만 애타는
그리운 한(恨)이 되어
안타까운 말 문(門)에
외로움이 열린다.

어느 날엔
강물로
청운의 꿈은
구름으로 흩어질
비와 같은 정점(頂点).

더러는
이별 씻을
눈물도 되리라.

가을 소묘

이제는 이별조차
조바심 할 소용없는
외진 山寺 꽃 무릇
이슬 품은 뜻 모르네.

하릴없는 가을에
범 메뚜기 붙들린 후
내어 줄 마음일랑
뼈아픈 미련 하나.

이끼 낀 축담에 떨어지는
小千의 기척에
단풍도 가누지 못해
볼 언저리 붉어 온다.

* 小千世界: 불교에서 이르는 想像上의 세계
  (수미산을 중심으로 한 세계의 천배가 되는 세계)

산길

짐승이든 사람이든
오직
밟혀서 돋아난 이름.

겨울의 여음에 담겨
간간이 채색되는
눈 시린 구절초
한껏 세상을 붉게 그을던
개옻나무 재가 날린다.

산그늘에 떠밀린
원시의 계곡.

낙엽 두엇
어깨를 스치며
소리를 얻고 간다.

종착역 플랫폼에서

끝나는 이별이면 좋겠다.

녹슨 사연이
파도처럼 밀리는
비릿한 기적의 반대편으로
눈부신 약속
나래 펼쳐드는
자유가 되고 싶다.

되돌아올 수 없다는
막막한 언약에
먼 먼
초라한 간이역이
예약된다 하더라도.

어둠을 향해 돋아나는
은빛 레일처럼
의지가 굳어
갈 길이 사무쳐.

영영 이별 없는
사랑이면 좋겠다.

추억

당신을 보기 위해
꽃을 심는다.

제비꽃이 섞인 듯한
노란 팬지꽃 재롱 앞에서
안타까운 너의 사랑
쓰다듬는다.

불현듯 어느 날에
봄은 가고
자취마저 사라진 훗날
바람결에 묻어 올
너의 추억
홀씨 하나
늦둥이로 키우고 싶다.

자운영

너는 홍자색
사월에 만나는
사랑 이야기.

돌아와 사무친들
지워진 언약.

지천에 번지는
그리운 눈물
피었다
피었다가
눈시울만 적시네.

마이산에서

암봉 숫봉
가는 길에
금당사를 만나다.

큰북도 비어가고
법당도 비어가는 곳.

법의(法衣) 실 오락
닦아낸 빈자리에
설구화
은빛으로 날고 있다.

미로

어둠이 깊을수록
붉은 등(燈) 퍽 퍽 가슴을 파고드는
외진 건널목
철길은 창백한 두 손바닥
역정에 주름져 자유를 애원하고
무리 짓는 비(雨)
또 다른 길을 내고 있다.

옛길은 쓰고 남은
관심 밖의 선택
미로가 되고 마는 잊혀진
원주민의 피부색 같은 것.

갈 곳이 자유로운 비는
떨어질 곳 없는
처마 밑
내 발등을 밤새 후드긴다.

화답(和答)

그대가 가리킨 곳
가장 빛나는
어느 날 눈먼 내가
눈을 뜨고 있었네.

어둠에 갇힌 산과 들은
길을 열었고
절망의 몸부림만 막다른 길에
비를 내린다.

비가 데려간 빈자리에
차가운 촉감의 허울이
열고 있는 공간
막배가 뜬다.

머물지도
떠나지도 않는 발길이
남긴 화두에 답하고 있다.

연잎

줄기가 꺾이도록
담지 않는다.

수천의 갈등이
하나의
영롱한 기쁨으로 태어나고.

짧은 생(生)을
오래도록 후회하지 않는다.

송광사에서

하마비(下馬碑) 손을 들면
노둣돌 위에
마음을 부려놓고
법심(法心)으로 걸어야지.

도열한 송덕비
흠을 품는 불경소리.

사바세계 넘겨주는
우화각 다리 아래
먹이 공양 받아 드는
버들치*처럼
고뇌도 피안도
옆에 두고 가는구나.

* 버들치: 잉어과의 민물고기.

지리산에서

아직도 이념의 앙금이 자라
한잎 두잎
귓전에 흔들리는 산.

밝혀도 숨죽인 상처
결백한 수면(水面)을 바스락거린다.

남북으로 내달은
거대한 사상의 이마는
나날이 곧추서다
옳고 그럼의 분간 없는
투명한 눈금만 구름에 걸고 있다.

견딜 수 없는
절정의 단풍을 위해
10월의 천왕봉에
눈보라
순백의 산정을 허락하다.

한라산에서

절정으로 애태우는
한라산 새벽
발 치 발 치 더듬고 올라
노루 샘 쪽박을 들다.

사람도 먹으라던
너의 순한 허락.

샘에 빠진 내 두 눈
풀 순 묻은
주둥이로 휘저어
측은해 하여다오.

하늘 위로 올라서는
새벽 바다의 태동을 들으며
철쭉꽃 거친 그리움
삶의 경계를 허물고 오네.

불일(佛日)폭포*에서

청학봉 백학봉
화개동천에
달램도 소용없는 이별이 살고 있네.

이별은 눈물보다
통곡보다 아픈 이름.

보내는 수길 벼랑
봄꽃 오색고름 낙화로 날리우고.

소멸로 접어드는
산화한 이파리
저토록 영롱한 무지개로 필 줄이야.

사랑한다고
잊을 수 없다고
봄마다 질러대는 꽃들의 고백.

* 불일폭포: 지리산 쌍계사 뒤편 소재 폭포

하동 산하

이별은 언제나
뒤에서 그리워한다.

봄꽃 지천으로 퍼붓는
섬진강가에
차례를 기다리다 터지고야만
배꽃 범벅.

우산을 받쳐 든 지리산 길에
언약 없던 나그네가
대뜸 산속에서
사랑을 달라 보챈다.

사랑은 아쉬움 보다
하나임을 원하는 것.

정점에서 바라보는
골 건너 산꽃들은
미색도 향기도 견주지 않는다.

적석산에서

자줏빛 엉겅퀴 묘역을 지키다.

바다의 화석 쉼 없이
일어나는 진동만[*]
피부를 할퀴는
갯벌의 비늘은
늘
고된 어부 곁에 잠들어있다.

파도의 고른 숨소리
한지(韓紙)인 듯 누이면
바람은
다시 부서지고야 말
쪽빛 비명을
쌓고 또 쌓는다.

* 진동만: 창원시 마산합포구 진동면, 진전면에 걸친 바다의 만.

멀어진 것에 대한 소고

산도 멀면 세월 빛
그러다 간데없는.

멀어진 그리움
구름인 듯 사라지고.

지난 것에
집착은
의식을 여위는
삶의 도미노.

흔적도 말씀도
처음부터 빈자리.

그림자 지는 소리
그것마저도.

농부일지 (31)

늙으면 앞마당
감나무로 살란다.

이제는 떫다고
따가지도 않는
탱자만한 감들이 대롱대롱 열리고.

오월엔
수북수북
노란 감꽃들
보기만 하여도 기쁜 마음 열겠다.

연둣빛 마당 가득
청량한 호흡을 들여 놓으면
거리마다
중국산 카네이션 단 늙은이들
소란에도
고요한 내 곁은 외롭지 않겠네.

상사화

살만한 세상인가
다시 한번 보고 오라고
그제 진 꽃 무릇 잎
이승의 업(業) 피워 낸다.

멀쑥이 목을 뺀
붉디붉은 촉수에 산발하는
순진한 고자질
세상, 별나지 않더라고
이내 지는 피안화(彼岸花)여.

4부

누구를 위하여
꽃이 된다는 것은
(2008~2011)

빈대떡

팥보다 작은 콩알
노란 녹두꽃
허기진 여름날에 피어납니다.

손님을 접대 하던
녹두전
녹두송편
빈대떡의 어원이요.

녹두꽃 떨어지면
청포장수 울고 가던
애환이 서린 떡.

곡물, 그것은
지옥의 마지막 중생까지
구제하지 않으면
성불하지 않겠다던
우리의
등신불이 아니었던가.

산다화

밤새 수런수런
바람의 뒷얘기 엿듣다
충혈 된 혼란만 남은 아침
기억 없이
소리는 사라지고 울림만 남았네.

낯선 시간이
허무를 가두어 정지된 그리움은
뒤척임만 더하여
산다화 송이송이
이별처럼 눈물지다.

사량도에서

옥녀봉 전설 따라
지금도
결혼은 육지에서 하고 오는
섬의 뿌리는 그대로
오가는 바람결에
옛 기억들이 팔리고 있다.

내지에서 지리산
불모산에서 옥녀봉
전복에 든 칼집처럼
수직으로 저미어진 정교한 삶의 편력들
암벽은 현기증에 곧잘 풍상을 잊어
바위산 절리가 갈퀴로 일어서
해풍 속에 질주하며 흔들린다.

저 건너 공룡의 땅
대항 고운 모래톱 흔드는
유람선 하얀 물보라 꼬리에
시간의 개념이 명료히 정리되고
육지의 두려움만큼
숨어 살아
마음 아린
동강난 섬 사량이여.

시루봉[*]에서

시련마저 잊은 훗날
다시 보리라.

어둠도 때가 되면
벗어나는 업장인 것을.

미련에 쌓이던
서러운 폭설
하얀 상처
네 궤적, 선연한 평행선.

기적(汽笛)처럼 일어 선
아득한 정점이여.

재회

늪은
언제나 부은 눈덩이
벌겋게 솟구친 상처
굳어가는 딱지의 가려움을
견딘다는 것은
치유의 희망을 전제로 한다.

목숨을 사르고
녹고 굳기를 반복한
죽염에 무슨
신념이 남아있을라고
그럼, 광물일 뿐이지.

기억은
스치기만 하여도 곤두서는 고통
쓰린 상처가 아물고
불구덩이 소금처럼
망각이 굳으면
비로소
내가 없는 나를 만나리라.

갈등

넘지 않아도
오지 말아도 될 길을
뒤 돌아보면
참 많이도 얽혀서 왔네.

이만하면 되었다
홀가분한 다짐에도
승강이만 벌이는
나와 나.

대원사 계곡에서

비움을 여는 쪽문
지상을 날아올라 구름으로
창공을 휩쓸고
말없이 떨어져
침묵을 두드리는 장엄한 소리.

자갈돌
바윗돌 건너는 요란한 물의 자취
자연의 포식을 피한 계곡의 생존자
갈등도 경계도 없는
융화와 포용과 화합의 상징.

걸림이 없다면
소리마저 없을 것을
홀연히 내닫는 생명의 순환.

물이 내는 소리인지
돌의 신음인지
내가 듣는 흔적인지.

종일을 생각하다.

신불산에서

이유를 두면
맑은 마음 멀어지나

화엄 벌 습지 평원
억새꽃 핀다.

빈 섬을 닮아가다
파도의 포말에만 귀를 연
쉰 줄의 변명.

바람에 앙금 지는
산정의 은어(隱語)
하늘을 여는 듯 언젠가
그리운 마음에 다다르면
네가 좋아하는 향기로 피었으면.

치악산에서

사람 체온이 36.5도라면
너는 몇 도인가
얼음 꽃 만발한 비로봉
극한 생존의 체감 온도를 재고 있다.

침묵의 은빛 장관
가지마다 열리는 겨울의 심상
네게는 줄 수 없는 이 외로움
회색 측은.

냉기가 재워진 시린 눈동자에
투두둑 툭툭
너를 꼭 빼 닮은 얼음 가지가
살아있다는
꼭 살아있다는
숨겨진 생명의 복제음을 듣는다.

백암산에서

이르지 못할 곳에
마음이 머문다.

꼿꼿한 금강 적송
내게는 없는 사랑
만산에 붉고 푸르러.

인고의 의미를 넘어서
존재한다는
살아있다는 생존의 사실감이 여는
포용의 세계.

그침 없이 열리고 내닫는
대자연의 희망이 꿈틀거린다.

장복산에서

비단 실보다 가느다란 파선이
절묘한 유선을 그리며 나부대는
산상의 경계
사람들은 가상의 선을
내 구역 너희 구역이라고
울타리를 쳐놓고
저희들끼리 편 갈라 산다.

산과 바다 들판과 강
온통 소유의 다툼으로
낙서에 갇힌 경관.

더 넓은 바다
풋풋한 쪽빛 위용에
마음의 경계가 허물어지고 있다.

선자령에서

산보다
어울리는 소담한 이름
섣달 초하루
소문대로 부는 바람
순백의 칼날에
순명의 복수초 노란 상처 돋아난다.

고개 너머 대관령
바람에 부서진 아린 시간의 파편들
선각처럼 지키고 선
풍력 바람개비는
분별심에 갈등하는
인간의
하루를 해체하고 있다.

두타산에서

높아질수록 좁아지는
냉혹한 영역
오히려 사람이라 부르고 싶은
삼척지방의 영적인 모산
학소대 심장 박동소리가
창조의 형상을 지키는 험준한 준봉의 비밀
무릉계의 기운이
반석 위에 새겨지다.

어둡고 긴 외로움도
절망을 밀치고
깊은 생명의 한계선에서
살아있다는 호흡 한 마디조차
소유도 다툼도 없이
처절한 생존원칙을 대변하는
은밀한 곳의 진실이 여기에 있다.

방태산에서

길을 내는 발길도 돌아보면 낯설어
적가리골 엘레지
제 이름도 못쓰는
문맹의 산골 아이 같아.

단풍과 진달래 숲 하늘처럼 황홀한
원시의 활엽 수림대
산정 아래 펼쳐지는
대 초원의 장관이여.

밟는 것도
보는 것도
상처가 되는 산.

매화산에서

물 오른 가지마다
천상의 꿈 얹어놓고
세상도 저처럼 터질 일이다.

머무는 하루하루
현혹에 내리는 갈등이려니
생각도 언어도
자취마저 놓고 간다.

민주지산에서

폭설에 갇힌
겨울 산은
처절한 밤의 행적을 품고 있다.

밤새 떼 지어 주린 주둥이를 휘젓고 다닌
뭇 짐승의 가쁜 숨소리
쓰린 눈밭에 날리고
낮의 두려움보다 더 배고픈
두려운 시선으로 은둔한 생명의
처절한 몸서리.

나를 찾을 수 없는
문명의 불확실성 속으로
스스로 갇혀드는 안타까운 야생 목숨들에
밤과 낮이 혼전을 거듭하고 있다.

금정산에서

일억 오천만년 진귀한
생명을 품고
고산습지를 얹고 사는 산
금 샘이 흐른다.
지켜야 할 명분은 뚜렷한데
지키는 이가 힘들어하는 산.

지키는 이 없어도
같이 살 수 있는 세상
그게 어디
너만의 간절함인가.

황산에서 (1)

모두 내 안에 있었다.
내 밖에서 나를 보고 싶다.
내가 거기 있을까
정말 내가 나로서 제 자리에 서있는 것일까

남을 바라보는 긴 시간 잠시
내가 내 안에
온전히 있는지
황산 기슭에서 바라보고 섰다.

갇힌 개념 밖에서
좋아하는 곳으로
사랑하는 시선으로
서로 바라보는 날이 많았으면 좋겠다.

나무의 꿈

잎을 버리는 것은
세상 밖의 자유를 얻는 것이요
잎을 피우는 것은
세상 안의 행복을 갈구하는 것이다.

천자암에서

짙은 그림자부터
연못에 빠지는 법이다.

소리 없이 사라지는 소멸, 그것은
세상을 버리는 그날까지 행하는
아주 익숙한 반복
명암의 경계는
저항이 되거나
체념이 되거나 순명(順命)이 된다.

새로이 일어나는 모든 형상은
또 다른 빛에 조명되어
현상을 일으키고
그 현상의 그림자에 몰입하게 된다.

이별은

눈물을 견디다
피어나는 슬픔

너로 인해
아물지 못한 숱한 밤의 흐느낌

함께 머문 시간들을
떠난다는 것은

그리움에 흔들리는 너의
아린 뒷모습을 보는 일이다.

비슬산에서 (1)

산상의 꽃 궁
피안의 세계.

일행과 떨어진 황당한 산행 길
너에게 대입되는 나로 인해
두 볼에 번지는 부끄러운 세속.

집착이 끊어진
몰아의 푸른 산맥
이승에서 느껴보는 금강경의 향기여.

남이섬에서

물안개가 되고 싶다.

그 속에 노니는
나룻배가 되고 싶다.

돌아보면
모든 길을 알고 온
중년의 눈시울에
젖어오는 굴절된 격정들.

어쩌면 인생은
하나의 섬을 찾아가는
미지의 여정인지도 모른다.

처음엔 원대한 섬 다음엔 환상의 섬
그 다음엔 값진 섬
이제는 작으나마 안락하고 빛나는 섬.

그러다 도리어
내가 섬이 되는 것

종일의 황혼도 이마 위로 젖혀가며
뭍을 향한 초로의 그리움이 되는 것.

인생은 어쩌면
하나의 섬을 찾아오는
희망을 기다리는 등대인지도 모른다.

벽소령 대피소의 밤

내가 성삼재에 올랐을 때
주먹만 한 북두성은 아직 벽소령에 오지 않았다
운무가 소용돌이치는 격동의 산상
사람들이 큰 배낭을 짊어지고
삼도봉 촛대봉 연하봉을 잘도 넘어갈 때
차츰 그들이 두려워졌다
먹지도 자지도 않고 멘토링을 거부하며
목적지를 공략하는 J3그룹도 만났다
체력과 정신의 한계는 어디까지인가
그들 앞에도 결국 불가한 벽이 나타날 것이고
그 다음은 누구도 장담할 수 없는
새로운 모험과 체험이 기다리고 있을 것이다
산은 끝없이 도전하는 인간의 시험대
이제껏 산의 발등만 간질이며 살았던 나는
코 골고 이빨 가는 지친 대피소의 하룻밤을 지새우고
내일이면 땀범벅 지친 몸, 굳은 결심이 쌈박질하며
장터목을 거쳐 백무동 계곡을 밟을 것이다
일일산행의 벽을 깨고
조금은 진일보한 나를 만날 것이다
단일산행 30㎞ 지점에 서서.

지리산 동자 꽃
-지리산 종주길에서

산행은 정(靜)적인 미덕이다
끝없는 고통과 흔들림 속에서 얻어내는
한 톨의 쌀 알 같은 결정체이다.

기다란 은 꿩의 다리
초롱불 노스님인가고 비춰보는
동자 꽃의 절박한 전설을 전하려
지리산 천지를 수소문하고 있는
저, 일월 비비추의 창백한 보랏빛 입술은
늦은 칠월의 바쁜 순행(巡行)길을 붙들고 섰다.

어쩌다 만나는
산바람의 무심한 자취처럼
네 쓰라린 아픔
산 아래 이러고서야
보잘 것 없는 나의 미덕마저
너의 애심이 되는구나.

산다는 것에 대하여

한나절 내내 놀려대는 거미 뒷다리
걸고 거는
아름다운 함정
한 세계가 지어졌네.

지나는 길손은
이리 저리 피해 가고
바람도 세속을 초연히 건너는데.

걸려드는 것은 온 종일
제 마음뿐이네.

누구를 위하여 꽃이 된다는 것은

누구를 위하여 꽃이 된다는 것은
사랑하는 임을 통해
새로이 태어난다는 뜻입니다.

간절한 믿음
당신과 나의 소통으로
하나의 새 행성(行星)이 생겨났다는 것이지요.

그게, 우주와 생명 탄생의 비밀이랍니다.

설악산 공룡능선에서

대자연의 신비로운 연출
유네스코 세계문화유산.

대청봉, 소청봉, 나한봉, 마등령
비선대, 천불동 계곡
요동치는 몸과 마음 같이
반도의 가을이 이글거린다.

설악산의 심장부
산악의 극치를 간직한 곳.

그대 밖에서
다시
산의 아름다움을 추구할 수 있을까.

나의 시(詩), 나의 아포리즘(aphorism)

1. 선한 가치를 실현하라 (좌우명)
2. 맑은 물일수록 위에서 내려다보지 말라. 그 깊이를 얕보게 된다.
3. 요행을 바라지 않으면 곤란에 빠지지 않는다.
4. 사람이든, 자연현상이든 무조건 이해하라. 이해하다보면 이해 못 할 것이 없다.
5. 詩란 실로 변화무상한 성질을 가졌으므로 자연 현상과 사상, 사람의 마음을 마음대로 넘나들고, 상호 치열한 감정 다툼을 벌이지 않고서는 결코 성공할 수 없는 작업이다.
6. 산은 물의 형상을 만들고 물은 산의 그림자를 비춘다.
7. 새로운 것, 신선한 것, 유익한 것을 취하고 나쁜 모든 것은 시원하게 버려라.
8. 사람은 결국 가장 단순하고 간결한 자아의 품성으로 돌아온다.
9. 타고난 성격을 바꾸고자 하는 방안도 있겠으나 그 성격의 우위에 서는 상호 보완적인 좋은 대응적 성격 방식을 전면에 내세우는 습관을 가져보자
10. 꽃이 스스로 의미를 갖는 것이 아니듯 세상 만물이 분별심을 갖는 것은 아니다. 세상은 세상을 볼 수 있는 나의 수준(태도)에 따라 달리 보이는 것이다.

11. 풍랑과 파도 속에 삶의 가치가 숨어있다면 우리는 결단코 안일하고 편안한 고요의 바다를 버리고 거친 바다로 나아가야 할 것이다.

12. 행복은 목표물이 아니다. 살면서 자주 느껴야 성공한 삶이다.

13. 파도의 높이에 마음 두지 말라. 언제나 조용한 수평선상에 두라. 실로 그곳이야말로 본성이며 절대경지이다.

해설

성찰을 배경으로
방목되는
독백과 철학의 시

김시탁 (시인·창원예총회장)

성찰을 배경으로 방목되는
독백과 철학의 시

김 시 탁 (시인·창원예총회장)

　이용화 시인이 등단 후 24년 만에 첫 시집을 낸단다. 회갑을 맞아 내는 처녀시집이니 감개가 무량하겠다. 이용화 시인과 나는 특별한 친분은 없지만 창원문인협회 회원으로 함께 문학 활동을 하며 서로 반갑게 인사를 나누는 사인데 덜컹 그가 내게 첫 시집의 시평을 의뢰해왔다. 나는 글의 깊이나 폭이 넓어 사람들을 매료시킬 재간도 없을뿐더러 더구나 남의 시를 평한다는 건 내 능력의 한계를 한참 벗어난 일이어서 참으로 난감했다. 그러나 그의 청을 외면할 수 있는 야박함도 갖지 못한지라 큰 낭패감을 무릅쓰고 시평이라기보다는 같은 문우로서 평소 이용화 시인을 바라보는 정서를 얘기하면 되겠다 싶어 수락하게 되었다.

　우선 그의 시를 살펴보기 전에 그의 인성을 먼저 보게 되는 것은 시인의 인성이 시의 모태로서 그가 파종할 시어와 사유를 저장할 공간을 얼마나 확보하고 있느냐가 궁금한 까닭이다. 그런 관점에서 그는 시를 수확할 면적이 넓고 땅 심이 좋은 문학적

텃밭을 갖고 있다. 또한 내가 봐온 이용화 시인은 시간을 반듯하게 사용하며 시를 대하는 태도가 성실하고 사뭇 진지하다. 그가 뿌리는 상상력의 종자는 그만의 특성을 통해 소통을 확산하며 근성 있게 자리 잡아 탄력 있는 소출로 수확의 결실을 맺을 것이라 확신한다. 그에게는 결코 짧지 않은 창작활동에서 비롯된 경륜과 내공의 힘을 갖고 있기 때문이다.

메일로 보내온 그의 시를 단숨에 읽었다. 조미료를 치지 않은 담백함과 다듬지 않은 원석의 모습이 매끄럽고 세련됨과는 다소 거리가 있지만 정직한 신뢰를 불러왔다. 그러한 신뢰야말로 화려한 눈부심보다 견고하고 편안해서 좋다. 시어의 채집이 다양한 어류를 낚아채는 낚시질과 닮았고 드문 입질에도 결정적인 챔질을 통해 파닥거리며 생 비린내를 풍기며 올라오는 어종을 보는 일도 신선하다. 그것은 결코 우연히 이루어지는 일이 아니다. 그가 24년 동안 하염없이 던져놓은 밑밥 때문이다. 또한 물때와 상관없이 한결같이 임하는 그의 부지런함에서도 비롯된다.

네 개의 칸으로 나누어진 어망 안을 자세히 들여다보면 어종도 씨알도 다양하다. 시인이 나누어놓은 네 개의 방은 특별하지 않고 평범하다. 일상의 길을 가다가 눈 오는 날을 맞으면 들풀이 되거나 꽃이 된다. 그것은 시인 자신을 위하기보다 누군가를 위해서 적었지만 결국은 그 화두의 중심에 자신이 있다는 것으로 읽힌다. 이용화 시인의 시에 자주 등장하는 자연과 생명력의 혈류는 시인의 혈관을 타고도 흐르기 때문이다. 우선 유년으로 흐르는 혈관 하나를 따라가 보자.

세월의 징검다리
서른쯤 건너뛰면
봉구(峯丘)동네 아이 서넛
연잎 우산 위에
어른처럼 커져가던
물 옥(玉) 미래를
손가락 모자라게 헤고 있던 눈물겨움이여!

「연잎 우산」 부분

　봉구 동네 아이들이 연잎 우산 속에서 눈물겹게 헤고 있던
물 옥(玉) 미래는 어떤 얼굴일까.
　소급된 세월의 시퍼런 종아리를 슬쩍 스치기만 해도 축축하게
젖어드는 기억들을 시인은 갖고 있다. 청태가 끼고 물비늘 있는
기억들은 상상만으로도 마음이 미끄러지는 경향이 있으니 시인
이 연잎 우산 속으로 독자를 데리고 들어가는 것도 그 까닭이라
하겠다.

새 만남의 의미보다
이별의 아픔이 먼저인 것은
더 얻어야 할 앞날보다
얻은 지난날이 더 소중한 까닭이다.

「서울로 이사 간 아내」 부분

다른 것을 잡기 위해서는 쥐고 있는 것을 놓아야 한다. 내려놓지 않으면 팔이 아프고 내려놓으면 마음이 아프지만 결국은 내려놓아야 할 것을 내려놓는 게 선택이다. 선택은 둘 중 하나를 취하는 것이 아니라 철저히 하나를 버리는 것이다. 시인은 새롭고 신선함을 맞는 두근거림보다 이별의 아픔이 먼저라고 생각하며 얻어야 할 앞날보다 이미 얻은 지난날들이 더 소중하다고 얘기한다. 일시적 이별이라도 쓸쓸하고 외로운 건 어쩔 수 없다. 그러나 과거로 고개를 돌리며 현실에 머문 채 미래와 어깨를 걸고 있는 시인의 이별은 건강해서 측은하지 않고 오히려 탄력적이다. 탄력 있는 현실에서 만지작거릴 수 있는 생은 여유가 있다.

아내가 서울로 이사를 가고 기러기 아빠가 된 시인의 쓸쓸함과 외로움은 시를 건져먹으며 견뎌내기 좋을 만큼 시간의 살이 질기지만은 않다. 그 시간들을 버적버적 씹으며 허기를 때우는 모습이 시의 곳간 구석구석 묻어난다. 어쩌면 그 시점이야말로 시인이 시와 맨살을 비비며 시심으로 탱탱하게 발기된 희망을 마음껏 사정할 수 있는 기회로 작용했을지도 모른다.

시를 잉크가 아닌 피로 원고지가 아닌 가슴으로 써 내려갔을 그 시간들은 숙성된 고독을 통해 정신적 성찰과(거울보기) 육체적 노동(농부 일지)으로 시의 근육을 키워갔을 것이다. 그 근육질의 성분은 그리움의 털로 만든 외로움의 외투 같은 걸 걸쳐입는 것이다. 몸이 스산하되 떨리지 않으니 움츠릴 일은 더욱 없었을 것이다.

거부할 수 없는 힘의 논리 앞에
나를 지켜야 하는 생존의 몸부림은
서서히 협상과 타협의 대세로 기운다

수출입 통상마찰은 경쟁력의 이권다툼
내 것만 먹고 살 수 없는 현실을
어디까지 인정할 수 있을까

이미 피아(彼我)를 식별할 수 없는 연막에 가려
결국 혼자라는 위기감에 치를 떤다

노력에 대한 소득의 공평한 잣대는
어디에 있는가
평등한 복록의 미래는 보장될 것인가
불확실성의 시대
입지가 불리한 줄다리기

농촌에 뼈를 묻을
당신의 백성이 힘겨워합니다.

「농부일지 (15)」 전문

　　농부일지 (15)의 전문을 옮겨본 것은 그전 농부일지 (14)는 보
지 못했지만 이 작품을 위시해서 연작된 농부일지 몇 작품을 들

여다보면 순수 문학성이 깃든 서정보다는 농업에 대한 불안과
탄식을 통해 농부의 심정을 대변하는 결의 같은 걸 드러내는데
그것은 아마도 시인의 직업과 무관하지 않은 듯하다.

시인은 공무원으로서 현재 창원시 동읍의 읍장의 직책을 갖고
있다. 관할지역 대부분이 농업이어서 자연스럽게 농업에 종사
하는 농부에 대한 애착과 연민이 책임감으로 다가왔을 테니 말
이다. 그러나 아래의 작품은 문학의 농사라는 점에서 사뭇 자유
롭고 신선하다. 시인은 천직이 공무원이지만 이 시를 보면 천상
시인이다. 이 한 편의 시는 재미와 은유를 알맞게 반죽해 빚었
기에 맛이 감칠 나서 먹기에도 좋다.

내가 소유한 200평 전답은
정 사각형 경지 정리된 원고지
곧은 농로는
새참 나르기도 수월하고
일출과 낙조가
삶의 시종을 펼쳐 보이는
산책로 이기도하지

농사를 잘 지으면 평수가 늘어나는
정직한 직업
한 평에 한 알만 지을 수 있는
한정된 목숨과 영혼의 공간

혈통 좋은 씨앗 골라 소독하고
밑거름 넣고 갈아엎어
바람의 마실 길을 트면
탐욕의 열매를 맺지 않는 꽃을 피우다 죽는
시인은 하늘의 별이 된다지

「시詩인은 하늘의 별이 된다지」 전문

　시인은 죽어 별이 된다. 시인이 죽어서 하늘의 별이 되는 이유를
시인의 기도를 들어보면 알 수 있다.

산이 되고자
산으로 솟았으면
허튼 망상의 키는 키우지 말고

들이 되고자
들로 누웠으면
터 찾는 뭇 생명 깃들게 하시고

강이 되고자 강물 되어 흐르면
늘 마르지 않는 사랑이 되게 하소서

「기도」 전문

시인의 기도는 사랑을 마르지 않게 하는 것이다. 마르지 않는 사랑을 기도하는 시인은 마땅히 죽어서 하늘의 별이 된다. 내려 놓을 줄 아는 초연함이 가훈으로 벽에 걸어둬도 좋을 시인의 능력이다. 이외에도 시인은 2부 6편의 연작시 추상(抽象)을 통해 방목된 자유시의 서정을 서슴없이 보여준다. 자연과 생명력의 바탕 위에 낯설게 툭툭 던지는 언어 본질의 유희가 시의 얼개를 짜고 각도에 따라 다양하게 변형된다. 애써 다듬거나 포장하지 않고 객기부리지 않아 읽는 사람의 부담을 덜어준다.

시의 무게는 저울의 추로 가늠하는 게 아니다. 그러니 흔들리는 저울추가 멈출 때까지 기다리는 동안 시인은 차라리 한 편의 시를 더 쓸 뿐이다. 3부와 4부에서는 이르지 못할 곳에 머무는 마음을 보여주고 거침없이 열리고 내닫는 대자연의 꿈틀대는 희망을 얘기한다. 산이 있고 강이 있고 바다가 있는 것이다. 잠시 황산에 올라보자.

모두 내 안에 있었다
내 밖에서 나를 보고 싶다
내가 거기 있을까
정말 내가 나로서 제자리에 서있는 것일까

남을 바라보는 긴 시간 잠시
내가 내 안에
혼자 있는지
황산 기슭에서 바라보고 섰다

갇힌 개념 밖에서
좋아하는 곳으로
사랑하는 시선으로
서로 바라보는 날이 많았으면 좋겠다

「황산에서 (1)」 전문

　모든 게 내 탓인데 정말 내가 잘하고 있을까. 제대로 살고 있는가. 내 밖에서 나를 보고 싶은 것이다. 황산 기슭에서 물어보는 아름다운 독백이며 성찰이다. 대부분의 그의 시는 성찰을 배경으로 방목되는 독백과 철학적 성향이 배어있다. 거기에 생을 대하는 건전하고 정직한 근성이 아름다운 여백으로 작용한다.

　바른 자세로 바른 길을 가면서도 자꾸 뒤돌아보고 두드려가며 제대로 가는지 살피는 모습이 진지하고 경이롭다. 변화와 혁신을 꿈꾸지만 먼저 안정을 추구하는 촉수는 시인이 살아온 시대와 배경 그리고 직업적 관행에도 적잖은 영향을 받았으리라. 그러니 그곳으로 고개를 돌리고 외면하지 못했기에 의도된 시작(詩作)의 실험들이 시의 줄기마다 묻어나는데 그것이야말로 그의 오랜 창작 기간 동안 시인을 곤혹스럽게 만든 갈등과 갈증의 원인이 아니었을까 미루어 짐작해 본다.

　새로운 것을 꿈꾸는 자는 이미 새롭다. 새로운 것이라고 다 좋은 것도 아니다. 내 마음에 잘 감기는 끈으로 내가 묶을 줄 아는 매듭으로 나를 제대로 포장할 때 비로소 단단하고 오래가며 가치를 발하고 빛을 낸다.

이용화 시인은 스스로를 묶고 푸는 방법을 아는 시인이니 그가 좋아하는 색깔로 아름답게 묶고 쉽게 풀리지 않도록 그의 영혼이 탄탄해졌으면 하는 희망 간절하다. 시인의 영혼이 탄탄해야 비로소 시가 기름지기 때문이다. 시집을 많이 내는 것도 좋지만 한 권의 시집이라도 영혼을 불어넣는 게 더 중요하다.

등단 24년 만에 처녀시집을 내는 이용화 시인의 이 시집은 스스로 써내려 간 기록이며 역사이다. 사관은 역사를 사실로 기록하지만 시인은 진실로 기록한다고 한다. 진정성 있는 시인의 삶에 탄력이 붙고 그의 시심도 마르지 않는 샘물처럼 펑펑 솟아나서 가슴에 먼지가 나는 사람들을 많이 적셔주길 기대한다. 회갑을 맞아 첫 시집을 출간하는 이용화 시인께 진심으로 축하를 보내며 건승과 건필을 빈다.

말詩가 고와야 모두가 아름답다

지 은 이 · 이용화
발 행 처 · 도서출판 청어
발 행 인 · 이영철
영　　업 · 이동호
홍　　보 · 이용희
기　　획 · 천성래
편　　집 · 방세화
디 자 인 · 이수빈 | 김영은
제작이사 · 공병한
인　　쇄 · 두리터

등　　록 · 1999년 5월 3일
(제1999-000063호)

1판 1쇄 인쇄 · 2019년 11월 13일
1판 1쇄 발행 · 2019년 11월 22일

주소 · 서울특별시 서초구 남부순환로 364길 8-15 동일빌딩 2층
대표전화 · 02-586-0477
팩시밀리 · 0303-0942-0478

홈페이지 · www.chungeobook.com
E-mail · ppi20@hanmail.net
ISBN · 979-11-5860-712-8(03810)

이 도서의 국립중앙도서관 출판시도서목록(CIP)은 서지정보유통지원시스템 홈페이지
(http://seoji.nl.go.kr)와 국가자료공동목록시스템(http://www.nl.go.kr/kolisnet)
에서 이용하실 수 있습니다.(CIP제어번호: CIP2019045939)